Mon père était un fabricant de cuillères

GUILLAUME PARODI

Dépôt légal : novembre 2017
Copyright Realities Inc.
ISBN : 979-10-95442-17-2
Crédits image de couverture :
« The Topkapi Diamond » par Harrygouvas sur
Wikipedia anglais.
Sous licence CC BY-SA 3.0 via Wikimedia
Commons -
https://commons.wikimedia.org/wiki/File:The_
Topkapi_Diamond.JPG#/media/File:The_Topkapi_
Diamond.JPG
« ªadirvan in the courtyard of the Kalyan Mosque
(Po-i-Kalân Mosque) — in Bukhara, Uzbekistan »,
par Piero d'Houin sur Wikipedia anglais.
Sous licence CC 2.5 via Wikimedia Commons –
https://en.wikipedia.org/wiki/Demographics_
of_Uzbekistan#/media/File:Po-i-Kal%C3%A2n_
Mosque_2.jpg
Pattern de fond : "Modèle modifiable arabe",
designed by Freepik

Realities Inc.
2 rue des Promenades
22000 Saint-Brieuc

Mon père était un fabricant de cuillères

Neuf heures du matin. Les portes de mon palais s'ouvrent et, comme chaque jour, le flot de mes sujets s'engouffre entre les battants de bois. Tous se précipitent au pied de mon trône, s'ébaudissent devant ma beauté, la pureté de mes traits et le maintien de mon port altier. Quelques rares fois, je choisis l'un d'entre eux, un inconnu parmi tant d'autres, et je l'instruis de ma légende.

Oui, quelqu'un comme toi, jeune homme. Rapproche-toi un peu plus et écoute-moi attentivement.

Tu n'as jamais entendu parler de moi, affirmes-tu en un sarcasme et en ris-tu auprès de tes compagnons. Cet accès d'orgueil te coûtera cher. Je veux pourtant bien te laisser le bénéfice du doute. Tu as sans doute été élevé dans une bienheureuse ignorance et je vais y remédier. Je vais t'instruire de mon histoire. Prends ton temps, car celle-ci s'étend sur des siècles et des siècles. Nous n'en aurons pas fini avant que les muezzins ne déversent leur parole sacrée depuis les hauteurs de leur citadelle divine.

Pourquoi devrais-je perdre mon temps à t'écouter, me nargues-tu en un dernier sursaut de bonne volonté, si tu n'es qu'un monarque sans royaume, une relique du passé ?

Parce que je t'ai choisi. Tu t'assieds déjà à mes côtés, sur l'un des coussins qui te permettent de te reposer tandis que je narre mon aventure. Tu te perds dans la contemplation de mes traits, et je vois que se reflètent dans tes yeux les centaines de diamants qui m'entourent. Allez, avoue-le, tu n'as jamais rencontré qui que ce soit d'aussi beau que moi. Ou belle, peut-être, si tu préfères que je sois à tes yeux une figure féminine. Ni tout à fait un homme, ni tout à fait une femme, le temps de te raconter mon histoire, je serai celui ou celle que tu as toujours désiré. Allez, va te chercher un café ou un thé. On en sert à deux pas d'ici et je te recommande tout particulièrement le thé à la pomme. Il est délicieux.

Voilà, tu es fin prêt. Il était temps.

Mon père était un fabricant de cuillères. Génois de Péra, il naquit sur les rives du Bosphore et y trouva la mort au bout de soixante longues années. Je fus son premier enfant, sa plus grande réussite, la joie de ses humeurs vagabondes. Il entretenait toutefois des sentiments ambivalents à mon égard. Tout comme il appréhendait le souvenir de cette nuit de fureur pendant laquelle j'avais été conçu, le fabricant de cuillères ne pouvait s'empêcher de me couver d'une affection toute paternelle. Malgré son union avec la fille d'un navigateur romain et la naissance de plusieurs enfants, il ne cessa jamais de me porter une attention particulière. Je crains à ce sujet que sa femme ne m'ait jalousé plus d'une fois. En effet, j'en conserve le souvenir vivace : chaque soir, avant d'aller me coucher, mon père me narrait des contes pour enfants et nous nous endormions au rythme des chevauchées endiablées de l'Histoire.

Souvent, il me racontait les faits d'armes de Tamerlan le roi Boiteux. Tu n'en as sans doute pas entendu parler, trop préoccupé à regarder tes voisines plutôt qu'à écouter ton professeur. À l'époque, Timour le Boiteux régnait sur le plus vaste empire jamais connu. Des animaux venus de la lointaine Afrique côtoyaient les guerriers venus des steppes et, du Royaume des Ming jusqu'aux colonnes d'Hercule, tous les rois et toutes les reines tremblaient sur leur trône. Ils avaient peur. On parlait de charniers, de tours de têtes humaines empilées les unes sur les autres et des villes de Perse qui brûlaient sous l'ire d'un seul homme.

D'autres fois, mon père évoquait les batailles qui opposaient la chrétienté aux armées du Turc. Une grande guerre s'était livrée sur les plaines bulgares quelques années avant ma venue au monde. De nombreux nobles francs y avaient trouvé la mort ou avaient été faits prisonniers. L'un d'entre eux, un prince bourguignon, est resté célèbre sous le nom de Jean sans Peur. Je m'extasiais intérieurement devant les charges de cavalerie franques, tous ces destriers harnachés de plaques de métal, tandis que les archers et les canons asiatiques tonnaient. Quelle grande guerre cela a dû être ! Parfois, je me désole de ne pas être apparu plus tôt. J'aurais pu côtoyer Darius,

Alexandre, Constantin et Justinien. On ne peut pas refaire le monde. D'ailleurs, si je passais des heures à rêvasser aux empereurs romains et à leur déchéance quotidienne, mon père demeurait d'un optimisme flagrant. Il affirmait que si les dirigeants de l'Empire se succédaient depuis Romulus jusqu'à Manuel II sans interruption depuis deux millénaires, leur dynastie pourrait survivre à tous les maux. Déjà, les croisés avaient mis à sac Constantinople et le Turc ne tarderait pas à faire de même. La dynastie des empereurs romains se poursuivrait même en exil.

Ma vie aurait pu être morne, bercée entre les contes de mon père et les aventures racontées par les marins de passage. J'aurais pu finir dans un caniveau, oublié de tous et de toutes, simple rat de la ville de l'Est. Un évènement changea cependant le cours de mon existence à tout jamais. C'était un matin d'automne, presque l'hiver. Un vent froid s'abattait sur les remparts de la ville, Sainte-Sophie bruissait dans ses contreforts de la ferveur des prêtres orthodoxes. Mon père m'emmenait tout le temps avec lui dans le moindre de ses déplacements, et il devait ce jour-là se rendre sur les quais de Péra. Un chargement de différentes matières précieuses l'y attendait – rappelle-toi qu'il était un fabricant de cuillères. Il travaillait l'argent, le bois, le coquillage et la pierre comme aucun autre homme n'en était capable. Les quais bruissaient d'une activité fiévreuse – un navire mamelouk était arrivé gros d'épices et d'esclaves. Je voyais des hommes et des femmes comme je n'en avais jamais vu ! Certains avaient le teint blanc comme des diamants, d'autres étaient aussi noirs que les agates de l'atelier de mon père. Cependant, tous avaient la tête courbée et leur corps ployait sous les chaînes qui les entravaient. Plus loin, entreposés dans des caisses de bois, se trouvaient les stocks d'épices. Plusieurs soldats envoyés par Manuel II protégeaient le safran et contemplaient le corps d'un imprudent voleur. Le garçon, pas plus vieux que moi, avait été transpercé d'une lance. Son agresseur se faisait durement rabrouer par son supérieur et l'affaire risquait de finir devant un tribunal. Mon père, qui n'était pas versé dans l'art des simples pour un sou, décida tout de même de se rapprocher de la scène. Il fallait porter le garçonnet à un médecin. À ce moment-là, un cheval, excité par l'agitation humaine, se rebella contre la volonté de son maître. Il se cabra et s'élança à travers la foule. Mon père ne le remarqua pas. Il n'entendit pas le cri d'avertissement que je poussai de toutes mes forces, ne s'aperçut même pas qu'un sabot allait l'envoyer paître dans les flots stagnants de Péra, et ne dut sa survie qu'à un miracle. Un gentilhomme, qui se tenait là, le bouscula et l'envoya valdinguer contre des sacs de grain. Le cheval retomba sur ses fers et fut rapidement repris en main par son maître.

Je restai là, rendu muet par la stupeur, incapable d'interagir avec qui que ce soit, et je portai mon attention sur le sauveteur de mon père. C'était un homme petit, râblé et au teint basané. Il s'exprimait dans un langage aux inflexions similaires à l'italien natal de mon créateur, quoique différent. À cette époque, je ne comprenais pas encore l'espagnol.

Bref. Cet homme qui, je m'en rendis compte plus tard, était accompagné d'une dizaine de personnes, vint relever mon père. Il lui tendit la main, souriant, et l'aida à se remettre debout.

« Il faut faire attention », dit-il en grec, puis en italien.

Mon père, encore bouleversé par l'accident, balbutia des remerciements.

« Je… Je ne sais pas comment vous remercier. Vous m'avez sauvé la vie.

— Il n'y a pas de quoi. Passez une bonne journée, monsieur.

— Attendez. Dites-moi qui vous êtes et je vous offrirai le plus beau de mes bijoux. Je suis orfèvre, entre autres. »

L'Espagnol hésita un instant et consulta du regard ses compagnons de voyage. Parmi les écuyers, les soldats et le prêtre en grosse soutane noire, un homme à l'air étrange attira vaguement mon attention, mais je n'eus pas le temps de m'attarder davantage sur son faciès.

« Je me nomme Ruy Gonzàles de Clavijo, se présenta l'Espagnol. Je suis l'ambassadeur de Sa Majesté Henri III de Castille.

— Oh. »

Cette annonce ne passa pas inaperçue sur les quais. Plusieurs autres marins et ouvriers se rapprochèrent, curieux. Mon père salua son sauveur plus bassement encore :

« Venez chez moi. Ma table est la vôtre.

— C'est un honneur, vénérable orfèvre, que je ne peux pas accepter. Nous cherchons un navire et devons partir au plus tôt.

— Au-delà du Bosphore, intervint un marin, la mer est déchaînée. Vous ne trouverez personne qui acceptera de naviguer aux portes de l'hiver. »

Visiblement, ce n'était pas la première fois que l'on faisait cette remarque aux envoyés de la couronne d'Espagne. Ils acceptèrent de venir chez nous et mon père et sa femme les traitèrent comme des rois. Quant à moi, je ne pouvais détacher mon attention du guerrier bizarre. Il était habillé à notre mode, mais ses traits étaient tout autres. Il avait les yeux en amande, un peu plus petit que les Espagnols, ressemblant un peu aux Turcs sans en être un. En outre, s'il parlait la langue des Castillans, il n'entendait rien ni au grec ni à l'italien. La conversation porta naturellement sur ses origines et, aux questions que ni mon père ni sa femme n'avaient osé formuler, Clavijo leur répondit de bonne grâce.

« C'est un Timuride. Nous avons quitté Cadix il y a de cela bien des mois et nous nous rendons à Samarcande.

— Samarcande ? »

L'évocation de cette ville mythique jeta un froid sur la petite assemblée. Je me souvins aussitôt des histoires de mon père. L'empire grandissant de Timour le Boiteux avait pour capitale cette cité de légende.

« Exactement. Nous nous rendons en ambassade auprès de ce souverain. Notre compagnon de voyage a déjà fait le chemin inverse, mais comme son apparence le trahirait auprès des Turcs, qui ne portent pas dans leur cœur les Timurides, nous avons été obligés de procéder à… quelques ajustements. »

Mon père ne parvint pas à quitter des yeux le curieux guerrier. Il consulta sa femme d'un regard, se tourna vers moi, puis me désigna d'un geste de la main :

« Emmenez-le. Je vous l'offre. »

Tous ceux qui comprirent ses paroles s'ébahirent.

« C'est impossible… C'est beaucoup trop.

— Ici, je n'ai rien d'autre à lui offrir qu'un peu de poussière et des objets brillants. Vous m'avez sauvé la vie. Je vous le confie. Peut-être vous sera-t-il utile à un moment ou à un autre de votre long voyage. »

Si je feignais d'être bouleversé par cette attitude, je réalisai bien vite que mon père avait parlé pour moi. Je désirais voir le monde plus que tout et il m'ouvrait ses portes ! Que ce fût l'avarice qui guida Clavijo ou son honneur, je ne le sus jamais. Il accepta et nous quittâmes la maison de mon père le jour même. J'étais un peu triste, partagé entre la peine d'abandonner mon créateur et la joie de découvrir l'univers. J'allais voir Trébizonde et rencontrer son empereur, marcher vers Tabriz et Ispahan à travers les montagnes d'Arménie, traverser les déserts surchauffés du Kyzyl Koum et contempler Samarcande. Quel voyage !

Clavijo et les hommes de son ambassade ne purent pas prendre la mer avant deux mois à cause des intempéries de l'hiver, et nous mîmes neuf lunes à rallier le bijou de l'Asie Centrale. Je ne m'attarderai pas sur nos longues chevauchées à travers les différents pays chrétiens et musulmans ni sur nos interminables méharées d'un bout à l'autre des étendues désertiques des Routes de la Soie. C'était l'été et la chaleur de l'Enfer semblait plus supportable.

Affamés, assoiffés, sans le sou et la peau sur les os, nous n'étions plus que l'ombre de nous-mêmes. Plusieurs hommes moururent en chemin, d'autres restèrent en Perse tandis que moi-même, Clavijo et deux autres de ses compagnons arrivâmes aux portes de Samarcande, la capitale des Timurides.

J'hésite sur les mots à employer pour te décrire cette ville, car malgré mon excellente éloquence, la parole ne suffirait pas à lui rendre honneur. Venus de Chine ou des Indes, de l'Arabie ou de l'Empire Romain, les marchands de l'univers entier se pressent aux portes du palais de Timour le Boiteux. Monument parmi les monuments, la mosquée Bibi Khanoum trône au centre de la ville. Imagine bien que ses minarets mesurent plus de soixante-dix mètres de haut ! Ses coupoles bleues comme l'azur évoquent les contes des Mille et une nuits et, parmi la populace de toute l'Asie qui se presse aux pieds des redoutables guerriers timurides, on raconte que cette mosquée est la plus grande et la plus vaste jamais construite sur ce continent. Je ne peux qu'approuver, moi, petit être de Constantinople, qui me suis tenu au pied de ces tours.

Néanmoins, cette ville ne se résume pas à une succession de coupoles bleues. Ses armées, ses innombrables chevaux et ses éléphants de guerre, volés à un prince des Indes, ont marqué mon esprit à tout jamais. Des combats et des cimeterres rougis par le sang à chaque coin de rue ! Des rires gras, des gémissements de plaisir et de douleur qui se mêlent chaque nuit dans le campement de Tamerlan ! Au-delà des quartiers de ses femmes, recouvertes de parures d'or et d'argent, ses loyaux généraux tiennent leur propre cour. Le calife d'Égypte lui a offert une girafe – peux-tu l'imaginer ? Non, bien sûr. À notre époque, les images saturent tout. Il t'est impossible de te représenter mentalement cette scène : une girafe, venue d'Afrique, au milieu de l'Asie centrale et offerte au bon plaisir du plus puissant des souverains.

Nous restâmes trois mois à Samarcande. Tantôt invité à la table de Tamerlan, tantôt l'hôte de sa femme ou de ses fils, Clavijo festoyait deux à trois fois par semaine. Je ne vis jamais une telle débauche de nourriture. Grenades rouges comme le sang, melons plus gros qu'un animal de bât et des viandes sorties en permanence des fourneaux. Je ne sais pas combien d'agneaux et de chevreaux perdirent la vie pendant ces trois mois, mais le nombre doit se compter en milliers. Pendant que mon maître s'amusait, je passais le plus clair de mon temps sous notre tente. J'apprenais le perse, le chinois et l'arabe. Je perfectionnais mes capacités mentales, jouant aux échecs et au tawla. On appelle ce jeu le backgammon, dans ton pays.
Cet automne idyllique ne perdura pas. Un jour, Tamerlan renvoya tous les ambassadeurs d'Europe, d'Afrique et d'Asie venus lui rendre hommage. Clavijo et ses hommes partirent en toute hâte et, dans leur fuite, m'oublièrent. Je restai sous la tente, dans la crainte d'être découvert par un mauvais maître. Ce fut Timour lui-même qui me

trouva. Tout comme Clavijo l'avait fait avant lui et comme le feraient des millions d'humains par la suite, le guerrier mongol s'extasia devant moi. Je profitai de cet instant de faiblesse et, dès qu'il porta les yeux sur moi, je procédai tout comme je l'avais fait avec l'Espagnol. Je m'emparai de son corps et de son âme. Pendant plusieurs mois, je devins le maître incontesté de l'Asie. L'Iran, le Caucase, le Pakistan, les Indes, l'Anatolie, les Routes de la Soie qui se croisaient à travers ce que l'on nomme aujourd'hui les anciennes républiques soviétiques d'Asie Centrale, tout ceci m'appartenait. Je pus enfin goûter aux plaisirs de la chair, découvrir l'intimité de chacune des femmes de Timour et profiter de l'allégresse du vin. Lorsque l'aube transperçait de ses premiers rayons le voile brumeux de l'alcool devant mes yeux et que les coupoles de Samarcande irradiaient à travers toute la ville, je me souvenais parfois de mon père. Je le maudissais dans sa solitude de Péra, avec sa femme acariâtre qui ne supportait pas la rivalité. Et puis, mon père m'avait menti. Certes, Tamerlan n'était pas un saint, mais son royaume était bâti sur le stupre comme sur le sang. Cela me plaisait.

Toutefois la prise de contrôle du royaume Timuride ne fut pas sans risques. Malgré son grand âge – le monarque mongol avait atteint plus de soixante-dix ans –, il ne cessait de me combattre. Son esprit de rapace luttait contre ma volonté et je tremblais devant la rage accumulée entre chacun de ses assauts. Plusieurs fois, je fus au bord de l'abîme, prêt à être renvoyé dans ma véritable enveloppe corporelle. En soi, cela ne m'aurait pas déplu, mais qui sait ce que ce guerrier aurait fait de moi ? Il m'aurait sans doute jeté dans un ravin, ou pire encore.

La chute vint un matin. Je me réveillai de bonne humeur et décidai que la luxure avait assez duré. J'ordonnai à mes généraux d'étendre les limites de mon royaume et de rappeler à l'ordre les petits rois Ming. Je rassemblai mes généraux, préparai des plans de guerre pour envahir la Chine lorsqu'une fois encore, Timour revint à la charge. La puissance de chacun de ses pas vrilla mon crâne et le fissura. C'était comme la charge de Jean sans Peur dans les plaines bulgares, s'abattant sur les forces turques au rythme de la voix de mon père. Je ne pus garder le contrôle. Tamerlan mourut d'une rupture d'anévrisme. Quant à moi, ses fils et ses généraux se battirent pour ma possession.

Le temps passa. Je fus oublié, redécouvert, chéri et maudit. Lorsque je revins chez moi, Péra n'existait plus. Elle avait brûlé dans les cendres de Constantinople et on appelait maintenant cette ville Istanbul. La ville de l'est, selon le langage grec. Mon père était mort, bien sûr, et je ne parvins pas à retrouver sa tombe. Seule persistait sa légende. On murmurait qu'un fabricant de cuillères renommé avait vécu ici. Certains affirmaient que le célèbre orfèvre avait rejoint Gênes. D'autres, des vieillards impotents aux mines ravagées par l'âge, se complaisaient à le savoir mort et enterré lors de la chute de Constantinople. Mendiant grec, prostituée séfarade, guerrier serbe en maraude, je cherchai avidement pendant des nuits et des nuits sa tombe, sans la trouver. Il avait dû être enterré dans un cimetière dont les croix avaient été brûlées et l'église ornée de minarets. Au bout de deux ans de recherche, j'abandonnai tout espoir et laissai mon dernier maître au bord de la folie.

Je noyai un chagrin que je ne me serais jamais avoué dans la douce barbarie de la guerre. Je devins sultan ottoman. D'une pensée, j'arrachai Jérusalem aux mains charnues et potelées des Mamelouks et j'asservis l'Europe d'un simple mouvement de ma conscience. Vienne était presque à moi ! Je pouvais tenir cette ville dans ma main et l'écraser sous mes hordes de soldats. Tout ne se passa pas comme prévu. Un autre – j'appris ce jour-là que je n'étais pas unique – s'interposa. La ville autrichienne ne fut jamais mienne.

Cette première confrontation me laissa songeur. Nous ne nous étions jamais rencontrés en vis-à-vis, mais la puissance de nos esprits se mesurait dans la fureur de nos combats. Europe, car tel était le nom que je lui donnai, me narguait et je décidai d'en finir le plus rapidement possible avec lui. Pour cela, j'ourdis un plan de conquête. Je me laissai dérober par les mains agiles d'un voleur au sein même de mon palais et partis en tout hâte, au milieu de la nuit, en direction des lointaines terres berbères.

Trois ans plus tard, tandis que les canons bruissaient tout autour de nous, détruisant les remparts d'Alger contre la flotte ottomane, je me complaisais dans la lecture d'Ovide. Homère et Virgile avaient été lus et assimilés, c'était maintenant au tour du poète romain. J'en arrivais à la métamorphose de Narcisse lorsque la porte de ma maison fut fracassée. La fille qui partageait ma couche, encore nue, s'écria et je me levai, cherchant par tous les moyens à me saisir de mon épée. Barberousse, car c'était lui, l'envoyé de mon ancien maître le sultan, ne m'en laissa pas le temps. Il fut sur moi dans la seconde, me frappa de son épée et m'entailla la gorge. Un filet de sang jaillit sur son cou, entacha ses vêtements empestant le sel et l'air marin et raviva les couleurs de sa barbe. L'instant d'après, l'âme du conquérant d'Alger m'appartenait. Je me retrouvai, l'épée à la main, dans mon ancienne demeure. Tous ces guerriers m'écoutaient, rois berbères et espagnols me menaçaient, tandis qu'il m'était donné la chance de reconstruire un royaume à mon image. Voilà comment je devins Pacha d'Algérie. Barberousse mort, je ne m'arrêtai pas là. Je brûlai mes ennemis dans les flammes de la Saint-Barthélemy, je défenestrai des incompétents à Prague et plongeai plus tard l'Europe dans une longue guerre de Trente Ans. Ensuite vinrent les Amériques, où je me trouvai du côté de tes ancêtres. Je perdis un peu, décidai d'abandonner les fils d'Albion et combattis aux côtés des Français. Les colonies devinrent États-Unis et je demeurai allié des Français pendant quelques années. En effet, tu n'es sans pas doute pas sans savoir que je contrôlai une grande partie de l'Europe grâce à mon maître Napoléon. Mon adversaire avait choisi de s'allier aux couronnes centrales. Bien mal lui en prit. Je régnai, à travers le général corse, en maître incontesté sur le continent.

Tu connais l'histoire. Je fus vaincu et on m'exila. Mon concurrent ne cessa de se renforcer et nous combattîmes encore plusieurs fois lorsque je réintégrai le Troisième Empire et que la Prusse assiégeait Paris.

Vaincu une deuxième fois, je décidai de regagner ma contrée natale et je m'abandonnai aux mains d'une bigote. Elle ne m'aimait pas beaucoup et à vrai dire moi non plus. Elle ne tarda pas à m'offrir aux soins d'un écrivain français. Il voyagea beaucoup, toujours porté par son amour inconditionnel de ma ville natale, et nous passions beaucoup de temps sur la colline qui serait renommée, un jour, en Pierre Loti.

Les lieux avaient changé. Disparues, les langues latines. Morts et enterrés, les empereurs de mon enfance. Malgré les tentatives du Troisième Reich de reprendre l'héraldique de l'Empire Romain, cet auguste royaume n'avait pas survécu à la chute de Constantinople, comme mon père le craignait. Je restai ainsi quelques dizaines d'années à ne rien faire car, depuis la Seconde Guerre mondiale, aucun conflit ne m'intéressait vraiment. On luttait davantage pour détruire la Terre que pour la contrôler – les paradis radioactifs et les phocomèles dotés de pouvoirs psychiques, très peu pour moi. Il me fallait découvrir un nouvel hôte à la puissance digne des monarques d'antan. Comment trouver une telle personne ? J'hésitai un moment puis me laissai emprisonner dans l'endroit qui me semblait le plus approprié. Un musée.

De nos jours, la situation a changé. Europe et son descendant américain se mêlent de tout et n'importe quoi et je sens nos mondes prêts à s'entredéchirer encore une fois. Cette fois-ci, l'enjeu est de taille. L'eau et l'énergie sous le couvert de la religion. Désires-tu mourir dans ta belle mort, les poumons rongés par l'acide des villes, en contemplant le monde que tu aurais pu contrôler ? Ou veux-tu finir en maître incontesté de millions d'âmes ?

Comme Clavijo, Tamerlan, Soliman et Napoléon, ce pouvoir est à toi. Je te l'offre. Il te suffit de tendre la main. N'aie pas peur, te dis-je. Rien ne sert de trembler comme une fillette, les soldats de Topkapi ne te remarqueront pas. D'ailleurs, j'ai déjà désactivé les caméras. Allez, laisse tranquille cette fille à la jupe qui dévoile plus qu'elle ne couvre, relève-toi et approche-toi encore un peu… Pourquoi hésites-tu et consultes-tu tes amis ? Ils n'ont pas vingt ans et ne connaissent rien au monde. Ils ne m'entendent même pas. Mais toi… Tu es différent. Tu perçois la musique de mes paroles et les notes de pouvoir qui jonchent les partitions de ma voix.

Bien sûr, tu pourrais me contempler et te détourner de moi comme si de rien n'était. Tu t'émerveillerais devant quelques autres vieilleries du musée, en regrettant toute ta vie de ne pas avoir su saisir l'occasion. Prends un fusil ottoman, sculpté et ornementé d'argent, ou n'importe quelle autre babiole de ce musée et tu te feras arrêter dans la minute. Saisis-toi de moi et, ensemble, nous contrôlerons un univers à ta mesure.

Qui suis-je, profère ton esprit que j'ai déjà assimilé. Laisse-moi rire ! Tu n'as même pas pris le temps de lire la petite étiquette qui te donne ma dénomination. Je suis un avatar du pouvoir, un masque, une relique du passé. Mes mots déclarent des guerres et mes pensées embrasent des univers.

Je ne suis qu'un objet, un bijou, un diamant. Une larme dorée, brillante comme l'aurore, sertie de cinquante petites pierres précieuses. On m'a donné il n'y a pas si longtemps un nom. Je n'avais jamais été baptisé. La forme de mes lignes parfaites esquisse le tracé d'une cuillère. On me nomme le diamant du fabricant de cuillères et l'on dit que je suis de l'une de ces rares espèces qui embrasent les cœurs. Il n'existe aucun autre joyau à ma mesure. Je n'ai pas de nom et je n'en ai pas besoin.

Annexe

Quand Ali Pacha de Ioannina,
un sultan ottoman et un pêcheur turc
se disputaient les faveurs du diamant
d'un fabricant de cuillères.

Magnifiques horloges ornementées de pierres précieuses et automates, cartes géographiques ayant survécu au passage du temps, reliques rassemblant les croyants des trois religions du Livre, le Trésor impérial du palais de Topkapı, à Istanbul, regorge d'objets luxueux hérités de la cour ottomane. Certaines pièces de la collection dateraient même de milliers d'années, à l'instar de l'épée avec laquelle David aurait abattu le géant Goliath ou du fameux bâton de Moïse ; et même si l'on peut douter de l'authenticité de ces objets, toutes les pièces du Trésor impérial possèdent une histoire. Peu importe qu'il s'agisse véritablement de l'arme qui aurait mis à mort l'un des géants les plus célèbres de notre civilisation ou d'un quelconque glaive sassanide que nous aurait légué l'Histoire, l'objet, en tant que tel, possède du sens. Le diamant du fabricant de cuillères, au contraire, est une pièce unique du musée.

On ne sait pas comment Kaşıkçı Elması, le diamant du fabricant de cuillères, est arrivé entre les mains des sultans ottomans. Certaines sources mentionnent Ali Pacha de Ioannina, le gouverneur de la région d'Épire à la fin du XVIIIe siècle et au début du XIXe siècle, comme le premier commanditaire du bijou. D'autres affirment que le sultan Mahmoud II fut celui qui ajouta la pierre précieuse au trésor infinitésimal de la cour ottomane. La légende, elle, veut que le premier à mettre la main sur le diamant du fabricant de cuillères fût un pêcheur désargenté du quartier populaire de Yenikapı, à Istanbul. Il aurait trouvé le diamant sur l'une des rives de la Méditerranée et aurait essayé de le revendre à un marchand. Ce dernier, convaincu qu'il ne s'agissait que d'une babiole sans valeur, aurait acheté la pierre précieuse pour la modique somme de trois cuillères.

Parmi toutes les pierres précieuses que nous excavons des sols de notre planète depuis plusieurs siècles, ni les saphirs, ni les topazes, ni les émeraudes ne seront parvenus à détrôner les diamants de leur piédestal. Ces pierres émettent une aura toute particulière qui ne cesse, au fil des ans, d'attirer la convoitise des orfèvres, des tire-laines et des touristes qui se pressent aux portes du palais de Topkapı ou de la Tour de Londres. Les diamants se sont inscrits dans notre culture comme une marque de richesse proéminente et, par exemple, la tradition (et l'ère de la consommation) veut que les jeunes fiancées se voient offrir par leur amant une bague ornée d'au moins un diamant. Il n'est ainsi pas surprenant de lire dans les journaux, entre le décompte des morts suite aux oléo-guerres du Moyen-Orient et les vitupérations de telle ou telle personnalité politique, que le plus gros diamant jamais excavé depuis 1905 a été découvert dans une mine au Botswana. La demande et l'attrait sont devenus tellement forts, et l'argent à gagner pour celui ou celle qui mettrait la main sur une pierre de taille conséquente, que les diamants de sang sont devenus une réalité acceptée et oubliée par la plupart des consommateurs. Ce sont des centaines de cadavres qui se décomposent au profit d'une brève étincelle au doigt d'une jeune mariée.

Bien sûr, toutes les mines de diamant ne se creusent pas à la sueur d'esclaves et plusieurs compagnies régissent leurs excavations dans le respect des droits de l'homme. Réécrire l'histoire du diamant de fabricant de cuillères participe à cette folie collective qui nous pousse à dépenser des milliers d'euros pour de petites pierres précieuses. La question n'est cependant pas de savoir si nous, êtres humains, sommes consciemment attirés par ce genre de matériau ; mais au contraire, se pourrait-il que ce soient les diamants qui nous poussent à nous battre ? Voilà le point central de la nouvelle. En cherchant à imiter l'être humain, le diamant du fabricant de cuillères entretient une forte relation symbiotique avec ses « maîtres ». Il se repaît de leur convoitise et se nourrit de leur haine, devenant lui-même une créature presque humaine, et se mesure finalement à d'autres diamants. Il connaît leur existence, il les combat de la même manière que ces maîtres humains se sont battus pour lui au cours de sa vie. Brièvement mentionnés dans le récit, plusieurs autres pierres précieuses auraient pu constituer le sujet de ce récit. C'est ainsi que le Koh-i-Noor, l'un des joyaux de la Couronne Britannique, trouve ses origines dans l'Empire Moghol fondé par Bâbur, descendant de Tamerlan et de Gengis Khan. Le bijou a transité au fil des siècles, parfois de manière sanglante, à l'instar de son confrère le diamant du fabricant de cuillères, entre l'Inde et l'Afghanistan avant de se retrouver entre les mains de la Reine Victoria au XIXe siècle.

En guise de conclusion, une seule question demeure en suspens. Qu'il s'agisse du fabricant de cuillère ou du Koh-i-Noor, le diamant en tant qu'abomination échappée du laboratoire de notre pensée, ourdit ses plans de conquête. Le touriste dans la Tour de Londres ou le palais de Topkapı s'empare-t-il du bijou ? Il y aura sans doute autant de réponses que de lecteurs possibles. De votre foi en la nature humaine dépend l'avenir du touriste et de sa main fébrile, tendue vers les plus beaux diamants de notre monde.

Guillaume Parodi est un artisan du mot. Passionné tant par l'histoire que la littérature, il travaille la langue française depuis ses premiers pas à l'université. Il a vécu en République Tchèque et en Turquie avant de s'installer en 2015 à New York City.

Du même auteur

Nouvelles

Une vie très pieuse, Géante Rouge n°24 (2016)
Le Chat ne s'est pas échappé de la Boîte, il n'y a jamais été,
anthologie « Quantpunk», Realities Inc. (2016)
Mon père était un fabricant de cuillères,
Realities Inc. (2015)
Giulia, anthologie « Nouvelles du Temps Adjacent»,
Éditions Assyelle (2013)
La Jeune fille et la Mort, Géante Rouge n°20 (2012)
Le Principe de réalité augmentée,
Prose en Sorbonne, Éditions Sillage (2012)
7H49, Géante Rouge n°14 (2009)

Non-fiction

Portraits sans pose, La poésie pour quoi faire,
ouvrage collectif, sous la direction de J.-M. Maulpoix,
Presses Universitaires de Paris Ouest Nanterre La Dé-
fense (2013)

9 791095 442172